Schulausgabe

2. Lesestufe

Fabian Lenk

Krimigeschichten zum Mitraten

Mit Bildern von Wilfried Gebhard

Mildenberger Verlag

Ravensburger Buchverlag

Bibliografische Information der Deutschen Nationalbibliothek:

Die Deutsche Nationalbibliothek verzeichnet diese Publikation
in der Deutschen Nationalbibliografie.
Detaillierte bibliografische Daten sind im Internet
über **http://dnb.d-nb.de** abrufbar.

5 6 7 8   16 15 14 13

Ravensburger Leserabe
© 2004 für die Originalausgabe
Ravensburger Buchverlag Otto Maier GmbH
© 2010 für die Ausgabe mit farbigem Silbentrenner
Mildenberger Verlag und
Ravensburger Buchverlag Otto Maier GmbH
Umschlagbild: Wilfried Gebhard
Umschlagkonzeption: Sabine Reddig
Printed in Germany
ISBN 978-3-619-14344-3
(für die gebundene Ausgabe im Mildenberger Verlag)
ISBN 978-3-473-38536-2
(für die broschierte Ausgabe im Ravensburger Buchverlag)

www.mildenberger-verlag.de
www.ravensburger.de
www.leserabe.de

Inhalt

Die falsche Fährte

Das war ein spannender Tag:
erst die Kanutour
und dann der Besuch
in der Tropfsteinhöhle.
Müde schlurfen Fenja und Marie
hinter Jakob her.
Jakob ist der Leiter
ihrer Pfadfindergruppe.
Er führt die Kinder zurück
zum Campingplatz.

4

Dort fallen Fenja und Marie
erschöpft auf ihre Schlafsäcke.
Plötzlich schreit Jakob:
„Unser Geld ist weg!"
Fenja und Marie springen auf.
Sie finden Jakob
im Gemeinschaftszelt.
Er hat eine leere Dose
in der Hand.
„Da war unser Geld drin!",
jammert er. „Ich wollte es nicht
zur Kanutour mitnehmen
und habe es
hier im Zelt versteckt."

Fenja und Marie sind sich einig:
Sie werden den Dieb finden.
Die Mädchen gehen
um das Zelt herum.
„Schau mal!", ruft Fenja
und zeigt auf einen Schlitz.
„Da hat der Täter
das Zelt aufgeschnitten."
Marie entdeckt Fußspuren.
„Mann, der Täter hat aber
Quadratlatschen!", ruft sie.

Fenja holt Papier und Stift.
Sie zeichnet den Fußabdruck ab.
„Das nennt man Spurensicherung",
erklärt sie. „Habe ich mal
im Fernsehen gesehen."
„Und jetzt?", fragt Marie.
„Wir müssen nur schauen,
wem die Schuhe gehören.
Dann haben wir den Täter!",
ruft Fenja.

Sofort suchen die Mädchen
den Zeltplatz ab.
Bald werden sie fündig.
Das Profil von Jakobs Schuhen
stimmt mit den Abdrücken
am Tatort überein!

„Aber Jakob war's nicht",
sagt Fenja.
„Er war mit uns beim Ausflug."

Sie untersucht die Schuhe.
Innen stecken Papierschnipsel
aus einer Fußballzeitung.
Marie schnippt mit den Fingern.
„Jemand hat Jakobs Schuhe
mit Papier ausgestopft,
damit sie ihm passen.
Dann ist er zum Zelt geschlichen
und hat das Geld gestohlen.
Der Verdacht sollte
auf Jakob fallen!"

Wer könnte etwas Verdächtiges
gesehen haben?
Vielleicht Frau Mahler?
Ihr gehört der Campingplatz.
Fenja und Marie gehen zu ihr.
Frau Mahler hat es sich
mit einem Modemagazin
im Liegestuhl gemütlich gemacht.
„Uns wurde etwas gestohlen",
sagen die Mädchen.
„Ist Ihnen
etwas Verdächtiges
aufgefallen?"

Frau Mahler ist entsetzt.
„Was, ein Dieb
auf meinem Zeltplatz?
Ich war einkaufen und kam erst
vor Kurzem wieder", sagt sie.
„Leider habe ich nichts gesehen."

Wer könnte noch etwas
beobachtet haben?
Vielleicht der kleine Herr Jüpner,
der im Kiosk Süßigkeiten verkauft?
„Uns wurde etwas gestohlen!",
wiederholen die Mädchen.
„Haben Sie
etwas Verdächtiges gesehen?"

„Nein", erwidert Herr Jüpner.
Kopfschüttelnd legt er
die Fußballzeitung beiseite.
„Das ist ja schrecklich.
Ohne das Geld könnt ihr ja
keine Ausflüge mehr machen."

Betrübt gehen die Mädchen zurück.
Plötzlich schlägt sich Fenja
mit der Hand gegen die Stirn.
„Was hast du?", fragt Marie.
Fenja grinst. „Ich weiß,
wer das Geld gestohlen hat!"

Wen hat Fenja in Verdacht?
Die Lösung findest du auf Seite 39.

Der stumme Tom

Urlaub auf dem Land,

das ist doch schön!

Finden jedenfalls Fynns Eltern.

Deshalb schicken sie Fynn

zum dicken Onkel Twister.

Onkel Twister lebt mitten

auf dem platten Land.

Die höchste Erhebung

ist eine Kuh, wenn sie aufsteht.

Onkel Twister hat
ein windschiefes Hotel.
Aber seit einiger Zeit
kommen kaum noch Gäste.
Nur die alte Frau Stratebier
hat ein Zimmer gemietet.
„Voll öde hier", jammert Fynn.
„Willst du nicht angeln?",
fragt Onkel Twister.
„Oder Rad fahren?"

„Nö!", gähnt Fynn.
„Nicht schon wieder."
Onkel Twister seufzt:
„Früher war's hier
nicht so langweilig.
Als Tom noch da war."
„Wer?", fragt Fynn.
„Der stumme Tom,
der hat hier rumgespukt",
erklärt Onkel Twister.

„Ein echtes Gespenst,
hier im Hotel?", fragt Fynn erstaunt.
„Ja", sagt Onkel Twister.
„Meine Gäste waren begeistert,
denn Tom war eine Attraktion:
Er ließ Spinnen regnen.
Oder kegelte mit seinem Kopf.
Heiliges Kanonenrohr,
hier war was los:
wie im Gruselkabinett!"

18

„Klingt echt spannend",
findet Fynn. „Aber wieso
kommt Tom nicht mehr?"
„Eines Tages war er einfach weg",
jammert Onkel Twister.
„Ich habe überall gesucht.
Aber keine Spur!
Und ohne Gespenst ist es
den Gästen hier zu langweilig.
Niemand kommt mehr!"
„Du brauchst einfach
eine neue Attraktion", meint Fynn.

Onkel Twister runzelt die Stirn.
Doch plötzlich leuchten
seine Augen.
In dieser Nacht
schläft Fynn erst spät ein.
Immer muss er
an den stummen Tom denken.
Kurz nach Mitternacht
weckt ihn ein grässlicher Schrei.
Fynn springt aus dem Bett.

Er rennt zur Tür.
Draußen steht Frau Stratebier.
Sie ist weiß wie Quark.
„Ein Gespenst!", stammelt sie.
Dann fällt sie in Ohnmacht.
Am nächsten Tag ist alles anders.
Gar nicht mehr öde!
Polizisten sind da
und Leute von der Zeitung –
alle wegen des Gespenstes!

Drei Tage später kommen auch
neue Hotelgäste.
Sie lieben den Nervenkitzel.
Onkel Twister hat viel zu tun.
Er hüpft von Gast zu Gast
wie ein riesiger Flummi.
„Was für ein Gespenst
das wohl ist?", grübelt Fynn.
„Na, der stumme Tom",
sagt Onkel Twister und strahlt.
„Er ist endlich zurückgekommen!"
Den will Fynn unbedingt sehen.

In der nächsten Nacht
legt er sich auf die Lauer.
Als es Mitternacht schlägt,
hört Fynn plötzlich Schritte.
Sie kommen direkt auf ihn zu!
Fynn macht sich ganz klein.
Sein Herz hämmert.

Vorsichtig späht Fynn
hinter der Truhe hervor.
Eine Gestalt schleicht
im Dunkeln an ihm vorbei.
Das muss der stumme Tom sein!
Da stolpert die Gestalt und flucht:
„Heiliges Kanonenrohr."

Dann beginnt der Spuk:
Türen schlagen
wie von Geisterhand,
grässliche Schreie erschallen
und ein irres Lachen.
Die Hotelgäste finden
es schaurig-schön.

Am nächsten Morgen
fragt Onkel Twister:
„Hast du gut geschlafen?"
„Nö", sagt Fynn.
„War ja auch mächtig was los."
„Na ja", meint Onkel Twister.
Fynn grinst: „Tu doch nicht so!"
„Was meinst du damit?",
will Onkel Twister wissen.

„Du steckst doch
hinter dem ganzen Spuk",
flüstert Fynn. „Weil du Gäste
für dein Hotel brauchst.
Aber keine Angst,
ich verrate dich nicht.
Sonst wird's hier
ja wieder langweilig!"

Warum weiß Fynn,
dass es Onkel Twister war?
Die Lösung findest du auf Seite 39.

Das Bootsrennen

Mein Boot ist schnittig
und hat ein großes Segel.
Es ist so groß
wie ein Schuhkarton.
Papa und ich
haben das Boot gebaut.
Ich habe es **Wellenreiter** genannt.

Denn es schwimmt nicht
einfach so auf dem Wasser.
Es tanzt darüber hinweg.
Bestimmt werden wir heute
bei dem Bootsrennen gewinnen.
Wir stehen am Ufer des Sees.
Viele andere Kinder sind da.

Auch Marcel.

Den kann ich nicht leiden.

Marcel hat eine große Klappe.

Er ist der Größte – sagt er.

Und natürlich ist seine **Möwe**

das schnellste Boot – sagt er.

Zwanzig Boote sind am Start.

Es gibt schlanke Segler,

schiefe Kähne und dicke Pötte.

Kräftig bläst der Wind aus West,

wo der Ort Jennerhausen liegt.

Der Preisrichter ruft:

„Wessen Schiff bis morgen Abend

am weitesten fährt,

der gewinnt ein Schlauchboot!"

Jeder von uns hat einen Zettel

in sein kleines Boot gesteckt.

Darauf steht:

Dann folgt die Telefonnummer.
Der Startschuss fällt!
Ich schiebe mein Boot ins Wasser.
Das Segel bläht sich.
Der Westwind treibt mein Boot
rasch Richtung Osten,
wo die Stadt Langelo liegt.

Auch die anderen Boote legen ab.
Einige kommen schnell voran,
manche langsam,
einige saufen blubbernd ab.
Alle feuern ihre Boote an.
Marcel schreit am lautesten.
Das nützt ihm aber nichts!
Mein **Wellenreiter** liegt
vor Marcels **Möwe** an erster Stelle.
Langsam werden die Boote kleiner.
Am Ufer kehrt Ruhe ein.
Ich drücke meinem **Wellenreiter**
die Daumen – ganz fest!

Marcel lacht laut und blöd:
„Das Schlauchboot gehört mir!
Wetten?"
Ich zeige ihm einen Vogel.

Am nächsten Abend
treffen sich alle wieder.
Immer noch pfeift
der Wind aus West.
Ich bin wahnsinnig aufgeregt.
Heute wird der Sieger gekürt.
Hat es mein **Wellenreiter**
geschafft?

„Nur zwei Boote
wurden gefunden",
ruft der Preisrichter feierlich.
„Auf Platz zwei
kam der **Wellenreiter**!
Er erreichte Langelo.
Das ist zwei Kilometer entfernt."
Es gibt jede Menge Beifall.
Ich bin ein wenig stolz.
Und traurig, weil mein Boot
nicht gewonnen hat.
Papa streicht mir über den Kopf.

„Auf Platz eins kam die **Möwe**",
verkündet der Preisrichter.
„Dieses Boot schwamm
bis nach Jennerhausen.
Das sind drei Kilometer!"
Jetzt gibt es noch mehr Beifall.
Marcel bekommt den Preis.
Ein nagelneues Schlauchboot!
Marcel grinst.

Ich könnte platzen vor Neid.
Später sitzen Papa und ich
in einer Eisdiele.

„Der zweite Platz ist auch toll",
sagt Papa tröstend.
„Nö!", brummele ich.
„Dafür gibt's kein Schlauchboot."

Der Wind pfeift um meine Ohren.

Immer noch aus West,

dort, wo Jennerhausen liegt.

Da bin ich mir plötzlich sicher:

Etwas ist faul an Marcels Sieg.

Nur was?

Ich grüble vor mich hin.

Dann habe ich es:

Marcel hat geschummelt!

Woran habe ich gemerkt,

dass Marcel geschummelt hat?

Die Lösung findest du auf Seite 39.

Die falsche Fährte

Fenja hat den kleinen Herrn Jüpner in Verdacht.
Jakobs Schuhe wurden mit Papierschnipseln
aus einer Fußballzeitung ausgestopft. Und
Herr Jüpner liest gerade in einer Fußballzeitung.
Außerdem weiß er, dass Geld gestohlen wurde.
Von Geld war aber gar nicht die Rede, sondern nur
ganz allgemein von einem Diebstahl!

Der stumme Tom

Tom war doch stumm – aber die Gestalt im Hotel
flucht laut: „Heiliges Kanonenrohr!" Wörter, die
auch Onkel Twister verwendet!

Das Bootsrennen

Der Wind bläst beim Start und am nächsten
Tag aus West. Dann kann die Möwe unmöglich
Jennerhausen erreicht haben. Denn Jennerhausen
liegt westlich vom Startplatz der Boote.
Um dorthin zu gelangen, hätte die Möwe
gegen den Wind segeln müssen.

Leserätsel

mit dem Leseraben

Super, du hast das ganze Buch geschafft! Hast du
die Geschichten ganz genau gelesen? Der Leserabe
hat sich ein paar spannende Rätsel für echte Lese-
Detektive ausgedacht. Mal sehen, ob du die Fragen
beantworten kannst. Wenn nicht, lies einfach noch
mal auf den Seiten nach. Wenn du die richtigen
Antwortbuchstaben in die Kästchen auf Seite 41
eingesetzt hast, bekommst du das Lösungswort.

Fragen zu den Geschichten

1. Wo hatte Jakob das Geld der Pfadfindergruppe versteckt?
(Seite 5)
S : In seinem Zelt in einem Schuh.
D : Im Gemeinschaftszelt in einer leeren Dose.

2. Was entdecken Fenja und Marie, als sie um das Zelt
herumgehen? (Seite 6)
A : Einen Schlüssel und einen Zettel.
E : Einen Schlitz im Zelt und Fußspuren.

3. Warum hat Frau Mahler nichts Verdächtiges
gesehen? (Seite 11)
T : Sie war einkaufen.
B : Sie hat geschlafen.

4. Warum hat Onkel Twister keine Gäste mehr
in seinem Hotel? (Seite 19)

   L : Weil das Hotel dreckig und windschief ist.

   E : Weil es ohne den stummen Tom zu
   langweilig ist.

5. Warum wacht Fynn in der Nacht auf?
(Seite 20/21)

   K : Frau Stratebier schreit grässlich, weil sie
   ein Gespenst gesehen hat

   U : Ein Gespenst kitzelt ihn am Fuß.

6. Was sagt Marcel von sich und seinem Boot?
(Seite 30)

   E : Er sei der Schönste und sein Boot
   das älteste.

   I : Er sei der Größte und sein Boot
   das schnellste.

Lösungswort:

1	2	3	4	5	T 6	V

Rabenpost

Super, alles richtig gemacht! Jetzt wird es Zeit für die RABENPOST.
Schicke dem LESERABEN einfach eine Karte mit dem richtigen Lösungswort. Oder schreib eine E-Mail.
Wir verlosen jeden Monat 10 Buchpakete unter den Einsendern!

An den LESERABEN
RABENPOST
Postfach 20 07
88190 Ravensburg
Deutschland

leserabe@ravensburger.de
Besuche mich doch mal auf meiner Webseite:
www.leserabe.de

Leichter lesen lernen mit der Silbenmethode

Durch die farbige Kennzeichnung der einzelnen Silben lernen die Kinder leichter lesen. Das gelingt folgendermaßen:
1. Die einzelnen Wörter werden in Buchstabengruppen aufgeteilt. Diese kleinen Gruppen sind leichter zu erfassen als das ganze Wort.
2. Die Buchstabengruppen sind ganz besondere Einheiten: Sie zeigen die Sprech-Silben an. Die Sprech-Silben sind der Schlüssel, um ein Wort richtig lesen und verstehen zu können.

Zum Beispiel können bei dem Wort „Giraffe" auch die ersten drei Buchstaben „Gir" als Gruppe gelesen werden: Gir - af - fe. Das könnte dann der Name einer besonderen Affenart sein.
Mit den farbigen Silben dagegen werden sofort die richtigen Buchstabengruppen erkannt: Gi - raf - fe. Beim Lesen ergibt sich automatisch der richtige Sinn. Es ist das Tier mit dem langen Hals gemeint.

Warum ist das so?
Beim Lesen in **Sprech-Silben** klingen die Wörter so, wie wir sie **sprechen** und **hören**. So kann der Sinn der Texte leichter entschlüsselt werden – lesen macht Spaß!
Sobald das Lesen flüssig gelingt, können auch alle Texte ohne farbige Silben sicher erfasst werden. Durch das Training erkennen die Kinder die Sprech-Silben automatisch.
Dadurch lesen alle Leseanfänger leichter und besser – und auch die nicht so starken Leser können schneller Erfolge erzielen.

Die farbigen Silben helfen nicht nur beim Lesen, sondern auch bei der **Rechtschreibung**. Sie machen die Struktur der deutschen Sprache sichtbar. Der Leseanfänger nimmt von Anfang an die Silbengliederung der Wörter wahr – und kann so die richtige Schreibweise ableiten.

Markieren die farbigen Silben die Worttrennung?
Die farbigen Silben zeigen die Sprech-Silben eines Wortes an. In den allermeisten Fällen ist das identisch mit der möglichen Worttrennung am Zeilenende. In erster Linie bei der Trennung einzelner Vokale (a, e, i, o, u; z. B. E-va, O-fen, Ra-di-o) gibt es einen Unterschied: Nach der aktuellen Rechtschreibung werden diese am Zeilenende nicht abgetrennt. Da diese Wörter aber mehrere Sprech-Silben haben, sind diese auch mit zwei Farben gekennzeichnet: Eva, Ofen, Radio, beobachten.

Weitere Informationen zur Silbenmethode auf: www.silbenmethode.de